Jean-Paul Hébert
Was There

Jean-Paul Hébert Etait Là

Jean-Paul Hébert Was There

Jean-Paul Hébert Etait Là

Sheila Hébert-Collins

Illustrated by/*Illustré par*
John Bergeron

PELICAN PUBLISHING COMPANY
Gretna 2004

This book is dedicated to the memory of Dr. Joseph Pervis Hébert, Jr. (1928-2003). Joe had a passion for genealogy. He researched Acadian history, concentrating on the two original families of Antoine and Etienne Hébert. Joe's love for and pride of his heritage will always be remembered and appreciated.

Ce livre est dédié à la mémoire de Dr. Joseph Pervis Hébert, Jr. (1928-2003). Joseph était passionné de la généalogie. Dans ses recherches de l'histoire Acadienne il c'est concentré sur les deux familles originales d'Antoine et Etienne Hébert. Sa passion et sa fierté de son héritage seront toujours reconnues et appreciées.

Library of Congress Cataloging-in-Publication Data

Hébert-Collins, Sheila.
    [Jean-Paul Hébert était là. English & French]
    Jean-Paul Hébert was there = Jean-Paul Hébert était là / Sheila Hébert-Collins ;
illustrated by/illustré par John Bergeron.
        p. cm.
    Summary: A young Acadian learns the reasons behind his family's ouster from his birthplace
and their struggles before finding a new home in Louisiana.
    ISBN 1-56554-928-7 (hardcover : alk. paper)
    1. Cajuns—Louisiana—Juvenile fiction. 2. Saint Martinville (La.)—Juvenile fiction.
    [1. Acadians—Fiction. 2. Canada—History—1755-1763—Fiction. 3. Cajuns—Louisiana—Fiction. 4.
Louisiana—Fiction. 5. Persecution—Fiction. 6. French language materials—Bilingual.]
    I. Bergeron, John W., ill. II. Title.
    PZ23.H3J4313 2003
    [Fic]—dc21
                                                                                        2002008370

French translating by Earl Comeaux, Laura Morin, Marguerite Maillet, and Barbara Hébert
Traduit par Earl Comeaux, Laura Morin, Marguerite Maillet, et Barbara Hébert

French editing by Amanda LaFleur
Rédigé par Amanda LaFleur

Please note that since Jean-Paul is telling this story, the French text frequently contains Cajun constructions and verb conjugations.
Veuillez noter que puisque Jean-Paul raconte cette histoire, le texte français contient fréquemment des constructions et des conjugaisons de la langue des Cajuns.

Printed in China
Imprimé en Chine

Published by Pelican Publishing Company, Inc.
Edité par Pelican Publishing Company, Inc.
1000 Burmaster Street, Gretna, Louisiana 70053

JEAN-PAUL HEBERT WAS THERE
JEAN-PAUL HEBERT ETAIT LA

My name is Jean-Paul Hébert. I was an Acadian. Now I am known as a Cajun since I live in Louisiana. My story will explain how and why the Acadians came to Louisiana. My story begins in the fall of 1759 in Port Royal, Acadie in Canada. The English have already changed the name to Nova Scotia but the Acadians will continue to call it by its French name, Acadie.

Je m'appelle Jean-Paul Hébert et je suis Acadien. Je suis aussi connu comme un Cadien depuis que je vis en Louisiane. Mon histoire va vous expliquer comment et pourquoi les Acadiens sont venus en Louisiane. Mon histoire a commencé au printemps de 1759 à Port-Royal en Acadie au Canada. Les Anglais avaient déjà changé le nom de l'Acadie à la Nouvelle-Écosse, mais les Acadiens continuaient à appeler cette province par son nom français, Acadie.

This is Port Royal, Acadie. Today is October 10, 1759. I was born here and lived here until my family was told to leave.

Ça ici, c'est Port-Royal. C'est aujourd'hui le 10 d'octobre 1759. J'étais né ici et j'ai resté ici jusqu'à on a dit à ma famille de partir.

This map shows that Port Royal is on a peninsula. The Atlantic Ocean touches it.

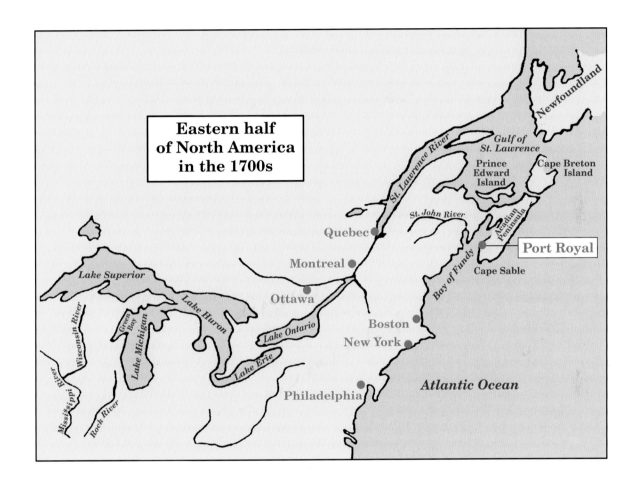

Cette carte montre que Port-Royal fait partie d'une presqu'île. L'Océan Atlantique la touche.

"Mamère, why must we go?" I asked. "We are all so happy here in beautiful Acadie."

"Don't bother me, child," Mamère answered. "I have much to do and little time before the soldiers come. Go find Grand-père. He will tell you the whole story of our plight. He's in the chapel."

"Mémère, pourquoi qu'il faut qu'on quitte?" je lui ai demandé. "On est tout content ici dans la belle Acadie."

"M'embête pas, cher," Mémère m'a répondu. "J'ai trop d'affaires à faire et pas assez de temps de les faire avant que les soldats arrivent. Va trouver ton grand-père. Il va te raconter toute l'histoire de nos tracas. Il est à la chapelle."

I walked over to the chapel at the end of the village. I went inside and found Grand-père on his knees. I knelt beside him and prayed with him. When we finished saying the rosary, I looked into his old, sad eyes and asked, "Why, Grand-père, why must we leave our home? I was born here, it's my home, and I can't bear to leave it."

We sat down together. Grand-père took my hands lovingly and began his story.

J'ai marché jusqu'à la chapelle au bout du village. J'ai rentré et j'ai trouvé grand-père à genoux. Je m'ai mis à genoux au ras de lui et quand il a fini de dire son chapelet, j'ai gardé dans ses yeux peinés, et je lui ai demandé, "Pourquoi, Grand-père, qu'il faut quitter notre maison? J'étais né ici, c'est mon pays, et ça me fait de la peine de le quitter."

On s'a assis ensemble. Grand-père a pris mes mains et a commencé son histoire.

"Jean-Paul, it all started when I was a young boy in France. My papa brought me to this new land to build a new France. He wanted to be part of this New World, where we all could pray as we choose and finally have a life of freedom from the rule of King Louis."

"Jean-Paul, ça a tout commencé quand j'étais un jeune garçon dans la France. Mon papa m'a emmené à ce nouveau pays pour établir une nouvelle France. Il voulait venir dans ce nouveau pays, où on pouvait tout prier comme on voulait et enfin avoir une vie de liberté, loin du roi Louis."

"It was a hard but rewarding time. The winters were harsh and many died that first year. Then there were the Indians to deal with. Some were hostile and others friendly. They taught us how to trap, hunt, and plant. We taught them our language and about our Christian God. They believed that they owed their salvation to us. So after that first year, the Indians became our brothers. We needed their friendship when the English came to Acadie."

"C'était un temps dur, mais qui valait la peine. Les hivers étaient durs et un tas de nous-autres a mouri la première année, et pis il y avait les Indiens. Il y en avait des mauvais et d'autres qui nous ont aidés. Ils nous ont montré à piéger, faire la chasse, et planter, et on leur a montré notre langue et notre Bon Dieu. Ils croyaient qu'ils nous devaient leur salut à nous-autres. Ça fait, après la première année ils sont devenus nos frères. Ils nous quitteraient jamais. On avait besoin d'eux quand les Anglais ont venu à l'Acadie."

"War broke out between France and England. That's when trouble began for us. When the English won the war, they took control of our beautiful Acadie. They became our governors, as you well know. Even though our countries were bound by a treaty that protects our religious freedom and our property, the English found ways to break the treaty."

"La guerre a commencé entre la France et l'Angleterre. C'est là que nos tracas ont commencé. Quand les Anglais ont gagné la guerre, ils ont pris contrôle de notre belle Acadie. Ils ont commencé à être nos gouverneurs, comme tu connais bien. Même que la France et l'Angleterre ont signé un accord de protéger notre liberté de religion et notre propriété, les Anglais ont trouvé un moyen de casser l'accord."

"For years now, the English governors have been planning and waiting for the chance to take our land and force us to leave our beautiful Acadie. Now they have finally succeeded," Grand-père said.

"But, Grand-père, no one can take our land and make us leave. This is new France just like you said," I pleaded.

"*Il y a des années à cette heure que les gouverneurs anglais espèrent leur chance de prendre notre propriété et nous chasser de notre belle Acadie. A cette heure ils ont réussi, finalement,*" *Grand-père a dit.*

"*Mais, Grand-père, personne peut prendre notre propriété et nous chasser. C'est la nouvelle France comme tu disais,*" *j'ai prêché.*

"Yes," Grand-père continued, "but the English knew well that we loved France and our church. They used that against us. They knew that we would never sign allegiance to England and the Protestant Church, so of course, they demanded that as a condition to stay in their colony! We are a proud and religious people. We could never go against our people or our church. No property is worth that, my son."

"Oui," Grand-père a continué, "mais les Anglais connaissont bien qu'on aime la France et notre église et ils ont usé ça contre nous-autres. Ils connaissont aussi qu'on aurait jamais signé un serment de fidelité à l'Angleterre et à une église protestante et bien sûr, ils ont fait de ça une condition pour rester dans leur colonie! On est un monde fier et religieux. On pourrait jamais aller contre notre monde et notre église. Il y a pas de propriété qui vaut ça, mon garçon."

"So we must leave now, with only what we can carry. But remember, these are merely material things. We have something that lasts for an eternity . . . our salvation. Can you understand, my son?"

"Yes, Grand-père," I answered. "But it still hurts. Let's go help Mamère."

Then we walked back home, knowing it was the last time we would walk home in Acadie. We walked hand in hand giving each other strength and hope.

"Ça fait, il faut qu'on quitte à cette heure avec juste ça qu'on peut porter, mais rappelle-toi que c'est que des choses. On a quelque chose qui dure pour une éternité . . . notre salvation. Tu peux comprendre, mon garçon?"

"Oui, Grand-père," j'ai répondu. "Mais ça me fait du mal quand-même. Allons aider Mémère."

On s'a retourné à la maison en connaissant que c'était pour la dernière fois qu'on rentrait chez nous en Acadie. On a marché ensemble en se donnant du courage et de l'espoir un à l'autre.

When we got home, the soldiers were there, with their guns and their cold faces. One had a gun pointed at Papa and the other at Mamère.

"Pick up your belongings!" the soldiers shouted at Grand-père and me. We picked up our bundles and they pushed us along. One of them stayed behind. When I looked over my shoulder, I saw the soldier torch our home. We walked to the village, where we met more French families. We were all ordered to follow the soldiers to the ocean, where we would board ships to take us away from our beloved Acadie forever.

Quand on a arrivé à la maison, les soldats étaient là avec leurs fusils et leurs figures froides. Un fusil était pointé à Papa et l'autre à Mémère.

"Ramassez vos affaires!" les soldats ont crié à Grand-père et moi. On a ramassé nos paquets et ils nous ont poussés sur route. Un soldat a resté. Quand j'ai regardé en arrière, j'ai vu ce soldat mettre le feu à notre maison. On a marché au village, où on a rencontré d'autres familles acadiennes. Les soldats nous ont commandé de les suivre à l'océan, où on aurait embarqué sur des bateaux pour quitter notre pays pour toujours.

When we got to shore, there were three ships anchored. Then it happened! The soldiers gathered up all the papas among us and started marching them to a ship. The children and the mamas were crying out, but the soldiers would never look their way. All the papas were pleading with the soldiers but the soldiers pretended not to hear. The English wanted to destroy us by breaking up our families. Papa kept yelling to us, "I'll come for you! Wait for me!" Those words will ring in my ears forever.

Quand on a arrivé à la côte, il y avait trois bateaux. C'était là que ça a commencé! Les soldats ont pris tous les papas entre nous-autres et ils les ont fait embarquer dans un bateau. Les enfants et leurs mères criaient, mais les soldats ont jamais regardé à nous-autres. Tous les papas criaient aux soldats. Mais ils faisaient comme s'ils ne les entendaient pas. Les Anglais voulaient nous détruire en cassant nos familles. Papa continuait à crier à nous-autres, "Je vas venir pour vous-autres! Espérez-moi!" Ces mots vont résonner dans mes oreilles pour toujours.

Papa's ship sailed first, then the soldiers started gathering up the women, the children, and the old. Thank goodness Grand-père, Mamère, and I were still together. We were put on the second ship. It was so crowded that we hardly had room to stretch out. The soldiers had left a sack of potatoes, barrels of water, and hay for our trip. This would be all we could have for weeks at sea.

Le bateau à Papa a été le premier à partir, et là les soldats ont commencé à ramasser les femmes, les enfants, et les vieux. Merci au Bon Dieu que Grand-père, Mémère, et moi on était tous ensemble. On a été mis sur le deuxième bateau. Il était si plein du monde qu'on avait proche pas de place à grouiller ou s'allonger. Les soldats ont mis un sac de pommes de terre, des barils d'eau, et du foin sur le bateau pour notre voyage.

Our trip was too awful to describe. Our friends died and many were ill for weeks and weeks. The English would not allow us off the ship because some of the families were so sick. Our ship sailed to Georgia, where we were taken to a large plantation. We were given a shed to live in. We had become servants. My whole life had become a nightmare. Everything we had worked so hard for was gone. And now our family was torn apart.

Notre voyage était trop affreux pour expliquer. Nos amis ont mouri et un tas était malades pour des semaines et des semaines. Les Anglais n'ont pas permis à personne de débarquer parce que quelques familles étaient si malades. On a parti pour la Georgie, où les Anglais nous ont permis de débarquer. Mémère, Grand-père, et moi on a été emmenés à une grande habitation. Ça nous a donné une cabane pour loger. On a devenu des servants. Ma vie entière a devenu un mauvais rêve. On avait travaillé dur pour tout ça on avait et là, on avait plus rien. Et finalement notre famille était déchirée.

Our days were spent in the cotton fields and our nights were spent in prayer. We were given a piece of ground for a garden, one cow, and a few chickens. We had to supply our own food. We prayed every night for Papa. We had no idea where he had been sent. We had heard from other Acadians that the first ship had been sent to Pennsylvania and the Quakers were sympathetic to the Acadians. We prayed that Papa was alive and searching for us. We remembered how he pleaded for us to wait for him until he came for us.

On a passé des journées dans les clos de coton et nos nuits à prier. Ça nous a donné un morceau de terre pour jardiner, une vache, et quelques poules. On avait besoin de fournir notre propre manger. On priait chaque soir pour Papa. On n'avait pas d'idée où il avait été envoyé. Des autres Acadiens à l'habitation nous ont dit que le premier bateau avait été envoyé en Pennsylvanie et qu'ils avaient été bien reçus par les Quakers. On priait que Papa était toujours en vie et qu'il nous cherchait toujours. On se rappellait toujours comment il avait prié qu'on reste ici jusqu'à il aurait venu pour nous-autres.

Four long years passed. It was 1763. We heard good news. A treaty was signed that would free all the Acadians. We were finally free to go, but where? Where would we go to find Papa? Mamère wouldn't leave the plantation because she insisted that Papa would find us. We asked the families who left the plantation to spread the word to other Acadians about our whereabouts in hopes that Papa would hear about us. We had heard how some families had found each other while still others had not. We were still waiting.

Quatre grandes années ont passé. C'était 1763. On a entendu des bonnes nouvelles. Un accord était signé qui donnait la liberté à tous les Acadiens. On était libre finalement à partir, mais où? Où aller pour trouver Papa? Mémère ne quittait pas l'habitation parce qu'elle disait c'était là que Papa nous trouverait. On a demandé aux familles qui quittaient l'habitation d'épailler le mot à des autres Acadiens où on était en espérant que Papa aurait entendu de nous-autres. On avait entendu comment des autres familles s'étaient trouvées tandis que d'autres n'avaient pas réussi. On espérait toujours.

Finally, in the spring of 1764, we heard there would be a gathering in the village to discuss choices of destinations to begin a new life. We decided to go since we were losing hope of Papa returning. We were surprised to see such a large group of Acadians in the village. Several Acadians spoke to us about the different places we could go to begin a new life. The English would give us passage back to France. Grand-père thought we should return to France to reunite with our family still there.

Finalement, dans le printemps de 1764, on a entendu qu'il y aurait une réunion dans le village pour discuter les choix des destinations où on pourrait commencer notre nouvelle vie. On a décidé d'aller parce qu'on avait perdu l'espoir que Papa nous aurait trouvés. On était surpris de voir une grande bande des Acadiens dans le village. Plusieurs Acadiens nous ont parlé des différentes places où on pouvait aller pour commencer une nouvelle vie. Les Anglais nous auraient ramené à la France si on voulait. Grand-père pensait qu'on devrait retourner à la France pour nous réunir avec notre famille qui était toujours là.

We were listening to the French official discussing our possible destinations when we heard a voice from the crowd call out again and again, "I'm Etienne Hébert. Has anyone seen my family?"

On était après écouter l'officier français qui discutait nos destinations possibles quand on a entendu une voix de la bande qui a dit plusieurs fois, "Je suis Etienne Hébert. Il y a quelqu'un qui a vu ma famille?"

It was Papa! We pushed through the crowd following the sound of his voice. We froze when we saw him. He looked so old and weak. We all hugged. We would never let him go again. When the French official finished the discussion, we went back to the plantation together. That night we prayed, first to thank God for leading Papa to us and second for guidance.

C'était Papa! On a avancé dans la bande en suivant sa voix. On a resté là, plantés, quand on l'a vu. Il paraissait si vieux et faible. On s'a embrassé. On le perdrait jamais encore. Quand l'officier français a fini la discussion, on a retourné à l'habitation ensemble. Cette nuit on a prié, premièrement pour remercier le Bon Dieu de nous avoir redonné Papa et deuxièmement pour y demander de nous dire quoi faire.

Papa had been to all the colonies where the ships had taken the Acadians. He had heard many stories about places the Acadians went to build their new Acadie. He told Grand-père that many of the Acadians who went back to France felt like outsiders so they returned to Canada or to the colonies. Even though they could recover their land in Canada, many chose to stay in the colonies and build their new Acadie. From what Papa had heard, he felt that our best chance for a good life was in Louisiana.

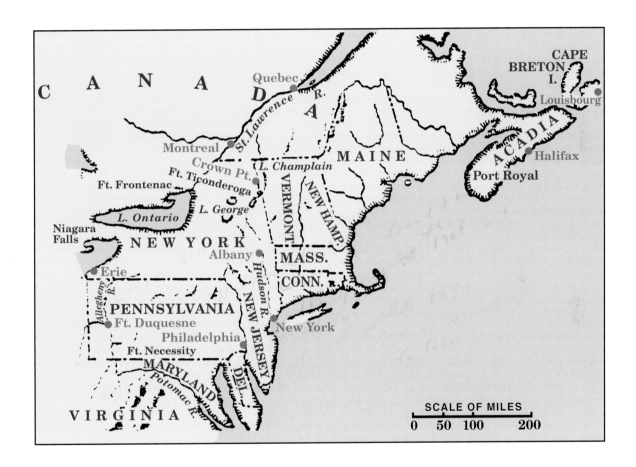

Papa avait été à toutes les colonies où les bateaux auraient amené les Acadiens. Il avait entendu un tas des histoires qui racontaient où les Acadiens établissaient leur nouvelle Acadie. Il a raconté à Grand-père qu'un tas des Acadiens avaient retourné à la France, mais qu'ils se sentaient comme des étrangers là-bas. Ça fait, un tas d'entre eux ont reparti pour retourner au Canada ou dans les colonies. Quand-même ils ont pu reprendre leurs propriétés, un tas d'entre eux ont choisi de rester dans les colonies et de commencer à établir une nouvelle Acadie. De quoi Papa a entendu, il pensait que notre meilleure chance serait d'aller à la Louisiane.

By this time, France had given Louisiana to Spain because they refused to risk losing it to England as they had Acadie. Now King Charles III of Spain had agreed to send the Acadians, at his expense, to Louisiana. He did this to please France and of course gain allegiance from the Acadians. He needed support against the English. This was his way of gaining loyal colonists. The king would give the Acadians a piece of land and even a few work animals. This sounded like an answer to our prayers. We would leave for Louisiana in three days.

A ce temps-là, la France avait donné la Louisiane à l'Espagne parce que ça ne voulait pas risquer de perdre la Louisiane à l'Angleterre comme ils avaient perdu l'Acadie. A cette heure le roi Charles III de l'Espagne était d'accord d'envoyer les Acadiens en Louisiane, et de payer les dépenses lui-même. Il l'a fait pour plaire à la France et bien sûr pour gagner une alliance avec les Acadiens. Il avait besoin du support contre les Anglais. C'était sa manière de gagner des colonistes loyaux. Le roi aurait donné aux Acadiens une concession de terre et même des animaux de travail. C'était une réponse à nos prières. On aurait parti pour la Louisiane dans trois jours.

We prepared for our journey. We would have to travel by foot to the Mississippi River. This took weeks. The journey was especially hard for Grand-père, but just the thought of building a new home together gave us all the strength to make it. We met many Acadians on our journey. We camped together at night, sharing dreams for a new Acadie. When we reached the Mississippi, we had to build a boat. It took days to finish the boat. Finally, we began our trip down the Mississippi River to New Orleans.

On a préparé pour notre voyage. Il a fallu qu'on marche jusqu'au Mississippi. Ça a pris des semaines. Le voyage était dur, surtout pour Grand-père, mais l'idée qu'on aurait pu établir une nouvelle maison nous à donné la force de passer par tous ces tracas. On a rencontré un tas d'Acadiens sur notre voyage. On a campé avec eux les soirs, en partageant nos idées pour établir une nouvelle Acadie. Quand on a arrivé au Mississippi, il a fallu qu'on bâtisse des bateaux. Ça a pris des longues journées pour bâtir le nôtre. Finalement, on a commencé notre voyage à descendre le Mississippi jusqu'à la Nouvelle-Orléans.

We arrived at the port of New Orleans on May 10, 1764. As soon as we stepped on solid ground, we were welcomed by other Acadians and French. How joyful we were to hear people speaking French and welcoming us to this new France.

On a arrivé au port de la Nouvelle-Orléans le 10 de mai 1764. Aussitôt qu'on a marché sur la terre solide, on a été bien reçu par des autres Acadiens et aussi par des Français. C'était bien joyeux d'entendre le monde parler français et de nous recevoir dans cette nouvelle France.

We were given a place to live in New Orleans, until we decided where we would go to make our home. The city was not a place we would choose since we were farmers and fishermen. The Spanish officials gave us information about the different Acadian settlements. We chose a place called St. Martinville.

On nous a donné une place pour rester à la Nouvelle-Orléans, jusqu'à qu'on aurait décidé où on voulait faire notre maison. La grande ville n'était pas une place qu'on aurait choisie parce qu'on était des habitants et des pêcheurs. Les officiers espagnols nous ont donné de l'information sur des établissements acadiens déjà en place. On a choisi une place qui s'appellait St-Martinville.

St. Martinville was a small settlement on Bayou Teche. We had already learned a lot about bayous from our trip through Louisiana. St. Martinville had become a new Acadie for many Acadians. Many houses were built along Bayou Teche. There was also a church. It reminded us of our church in beloved Acadie.

St-Martinville était un bien petit village sur le Bayou Têche. On avait appris un tas sur les bayous pendant notre voyage à travers la Louisiane. St-Martinville avait devenu une nouvelle Acadie pour un tas d'Acadiens. Un tas des maisons étaient bâties au long du Bayou Têche. Il y avait une église aussi. Ça nous a fait penser à notre église dans notre Acadie bien aimée.

We chose a piece of land along the bayou to build our home. The Spanish government gave us three cattle and tools. Before long our home was complete. We gave thanks to God for our new beginning in this place called Louisiana.

On a choisi une propriété au long du Bayou Têche pour bâtir notre maison. Le gouvernement espagnol nous a donné trois vaches et des outils. Dans rien de temps notre maison était finie. On a remercié le Bon Dieu pour notre nouvelle partance dans une place qui s'appellait la Louisiane.

I have my own family now. The Acadian families have grown, as mine has. We sit on the porch often and think about our past. We don't want to forget what we had to go through to gain our freedom. We don't want to forget the family we lost. We don't want to forget our heritage. So we talk and we remember. Every day our family and church bonds grow stronger. We are proud to be Cajun.

J'ai une famille à moi-même à cette heure. Les familles acadiennes ont grandi comme la mienne. On s'assit sur la galerie souvent et jongle à ça qui s'a passé dans notre vie. On ne veut pas oublier ça qu'on a passé pour gagner notre liberté. On ne veut pas oublier la famille qu'on a perdue. On ne veut pas oublier notre héritage. Ça fait, on se parle et on se rappelle. Chaque jour notre connexion de famille et d'église vient plus forte. On est fier d'être Cadien.